Le défi des Sentinelles – 1re partie

**Illustrations de
Luc Chamberland**

**Inspiré de la série télévisée Kaboum,
produite par Productions Pixcom inc.
et diffusée à Télé-Québec**

Les éditions de la courte échelle inc.
5243, boul. Saint-Laurent
Montréal (Québec) H2T 1S4
www.courteechelle.com

Révision :
Nicolas Gisiger et André Lambert

Conception graphique de la couverture :
Elastik

Conception graphique de l'intérieur :
Émilie Beaudoin

Infographie :
Nathalie Thomas

Coloriste :
Marie-Michelle Laflamme

Dépôt légal, 3e trimestre 2008
Bibliothèque nationale du Québec

Copyright © 2008 Les éditions de la courte échelle inc.

D'après la série télévisuelle intitulée *Kaboum* produite par Productions
Pixcom Inc. et télédiffusée par Télé-Québec.

La courte échelle reconnaît l'aide financière du gouvernement du Canada par
l'entremise du Programme d'aide au développement de l'industrie de l'édition
pour ses activités d'édition. La courte échelle est aussi inscrite au programme
de subvention globale du Conseil des Arts du Canada et reçoit l'appui du
gouvernement du Québec par l'intermédiaire de la SODEC.

La courte échelle bénéficie également du Programme de crédit d'impôt pour
l'édition de livres — Gestion SODEC — du gouvernement du Québec.

**Catalogage avant publication de Bibliothèque et Archives nationales
du Québec et Bibliothèque et Archives Canada**

Aquin, Emmanuel

    Kaboum

    (Série La brigade des Sentinelles ; t. 12)
    Sommaire: t. 12. Le défi des Sentinelles — 1re partie.
    Pour enfants de 6 ans et plus.

    ISBN 978-2-89651-081-8

    I. Chamberland, Luc. II. Titre. III. Titre: Le défi des Sentinelles — 1re partie.
IV. Collection: Aquin, Emmanuel. Série La brigade des Sentinelles.

PS8551.Q84K33 2007   jC843'.54   C2007-942059-1
PS9551.Q84K33 2007

Imprimé au Canada

Emmanuel Aquin

Le défi des Sentinelles – 1re partie

**Illustrations de
Luc Chamberland**

la courte échelle

Les Karmadors et les Krashmals

Un jour, il y a plus de mille ans, une météorite s'est écrasée près d'un village viking. Les villageois ont alors entendu un grand bruit: *kaboum!* Le lendemain matin, ils ont remarqué que l'eau de pluie qui s'était accumulée dans le trou laissé par la météorite était devenue violette. Ils l'ont donc appelée… *l'eau de Kaboum*.

Ce liquide étrange avait la vertu de rendre les bons meilleurs et les méchants pires, ainsi que de donner des superpouvoirs. Au fil du temps, on a appelé les bons qui en buvaient les *Karmadors*, et les méchants, les *Krashmals*.

Au moment où commence notre histoire, il ne reste qu'une seule cruche d'eau de Kaboum, gardée précieusement par les Karmadors.

Le but ultime des Krashmals est de voler cette eau pour devenir invincibles. En attendant, ils tentent de dominer le monde en commettant des crimes en tous genres. Heureusement, les Karmadors sont là pour les en empêcher.

⚡⚡⚡

Les personnages du roman

Magma (Thomas)

Magma est un scientifique. Sa passion : travailler entouré de fioles et d'éprouvettes. Ce Karmador grand et plutôt mince préfère la ruse à la force. Lorsqu'il se concentre, Magma peut chauffer n'importe quel métal jusqu'au point de fusion.

Gaïa (Julie)

Gaïa est discrète comme une souris : petite, mince, gênée, elle fait tout pour être invisible. Son costume de Karmadore comporte une cape verdâtre qui lui permet de se camoufler dans la nature.

Mistral (Jérôme)

Mistral est un beau jeune homme aux cheveux blonds et aux yeux bleus, fier comme un paon et sûr de lui. Son pouvoir est son supersouffle, qui lui permet de créer un courant d'air très puissant.

Lumina (Corinne)

Lumina est une Karmadore solitaire très jolie et très coquette. Elle est capable de générer une grande lumière dans la paume de sa main. Quand Lumina tient la main de son frère jumeau, Mistral, la lumière émane de ses yeux et s'intensifie au point de pouvoir aveugler une personne.

Khrono (Greg)

Khrono est un Karmador de la grande ville qui a le pouvoir d'arrêter le temps. Il est considéré comme l'un des plus puissants Karmadors après Geyser. Son agilité et ses prouesses acrobatiques sont légendaires. Quand il était petit, il voulait se joindre au cirque, mais maintenant il préfère être un superhéros!

STR (Esther)

Esther est la propriétaire de l'Épicerie Bordeleau et la tante de Paul. Elle a été nommée grande chef de tous les Karmadors. Sévère mais juste, elle est respectée par toutes les personnes qui la côtoient.

Geyser

Geyser est le Karmador le plus connu et le plus respecté du monde. C'est le frère de STR, la chef des Karmadors, et le père de Paul Bordeleau. Geyser est très puissant: il peut créer des tornades et des orages!

Titania

Titania est prête à tout pour protéger les enfants contre les attaques krashmales. Elle est déterminée et courageuse, et ses muscles peuvent devenir aussi durs que du titane. Elle est appréciée de tous les Karmadors et de tous les petits.

Les personnages du roman

Xavier Cardinal

Xavier est plus fasciné par la lecture que par les sports. À sept ans, le frère de Mathilde est un rêveur, souvent dans la lune. Il est blond et a un œil vert et un œil marron (source de moqueries pour ses camarades à l'école). Xavier, qui est petit pour son âge, a hâte de grandir pour devenir enfin un superhéros, un pompier ou un astronaute.

Mathilde Cardinal

C'est la grande sœur de Xavier et elle n'a peur de rien. À neuf ans, Mathilde est une enfant un peu grande et maigre pour son âge. Sa chevelure rousse et ses taches de rousseur la complexent beaucoup. En tout temps, Mathilde porte au cou un médaillon qui lui a été donné par son père.

Pénélope Cardinal

Pénélope est la mère de Mathilde et de Xavier. Cette femme de 39 ans est frêle, a un teint pâle et une chevelure blanche. Elle est atteinte d'un mal inconnu qui la cloue dans un fauteuil roulant.

Le maire

Gildor Frappier est le maire de la petite ville. Il habite seul avec ses deux chats dans une maison au bord de la rivière. C'est un homme tranquille qui aime le jardinage. Il ne ferait pas de mal à une mouche.

Shlaq

Ce terrible Krashmal s'habille comme un motard. Il est trapu et a la carrure d'un taureau – il a d'ailleurs un gros anneau dans le nez, et de la fumée sort de ses narines lorsqu'il est énervé. De ses mains émanent des rayons qui ont pour effet d'alourdir les gens : il peut rendre sa victime tellement pesante qu'elle ne peut plus bouger, écrasée par la gravité.

Fiouze

Fiouze est une créature poilue au dos voûté et aux membres allongés. Il ricane comme une hyène. C'est le plus fidèle assistant de Shlaq.

Kramule

Kramule est une Krashmale dont les cheveux sont constitués de noirceur pure. Avec sa chevelure, elle peut plonger une pièce entière dans les ténèbres les plus profondes ! Elle ne travaille pas gratuitement : les Krashmals qui veulent l'engager doivent payer très cher ses services. Elle est la pire ennemie de Lumina.

Embellena

Embellena est une Krashmale ambitieuse et cruelle qui travaille avec Riù dans la grande ville. Elle a le pouvoir de projeter de son nombril un filet qui emprisonne sa victime dans un cocon de fils gluants ! De plus, elle possède une bague qui lui permet de se métamorphoser en n'importe qui !

Yak

Ce jeune Krashmal est le clone de Riù. Il n'aime pas qu'on lui rappelle ses origines : il se trouve plus beau, plus intelligent et plus puissant que son « père » ! Yak a mauvais caractère et agit toujours comme un bébé gâté. Son pouvoir est de téléporter les autres Krashmals où il le veut.

Prologue

Il y a cinq ans...

La lune brille au-dessus d'une immense usine de produits chimiques. Sur le toit, un homme musclé marche d'un pas lourd. Il a les cheveux longs, une barbe très fournie et un anneau dans le nez.

Le colosse rencontre une créature étrange, cachée dans l'ombre. Elle est couverte de poils des pieds à la tête ; elle a de longues oreilles et une queue de singe. Elle tend une main aux longs doigts fins à l'homme :

— Alorrrs, as-tu trrrouvé la boule de crrristal de Nostrrradamus ?

— Oui, Selsia ! Shlaq a volé la boule

dans un musée et tous les Karmadors de la ville tentent de la retrouver! C'est pourquoi il t'a donné rendez-vous ici, loin des regards.

Le Krashmal extrait une boule transparente de sa veste de cuir et la donne à Selsia. Cette dernière est tout excitée en la saisissant:

— Chic! J'ai toujourrrs voulu posséder cette boule! Elle va me perrrmettrrre de voirrr dans le futurrr!

— Tu as promis à Shlaq de lui révéler son avenir! Alors dépêche-toi, Shlaq est impatient de savoir ce qui l'attend!

La Krashmale velue s'assoit en tailleur et prend la boule dans ses mains. Elle se concentre tout en caressant le cristal avec ses longs doigts:

— Je vois… je vois un médaillon. Il va jouer un rrrôle imporrrtant dans ta vie. C'est un médaillon crrréé par un Karrrma-dorrr du nom de Pyrrros. Il contient…

— Que contient-il? Dis-le à Shlaq!

— Ce bijou rrrenferrrme de l'eau de Kaboum!

— Vraiment? Vite! Dis à Shlaq où se cache ce médaillon!

— Je vois aussi mon cherrr cousin

Fiouze. Il va devenirrr ton assistant.

— Shlaq se fiche de ton cousin! Dis à Shlaq où se trouve son trésor!

Soudain, une voix se fait entendre derrière les deux Krashmals:

— Trésor? Quel trésor? Celui que tu viens de voler au musée?

Shlaq se retourne et crache un nuage de fumée noire. Devant lui se tient Khrono, les bras croisés:

— Shlaq n'a pas peur de toi, sale Karmador!

— Sapristi! dit Khrono en le taquinant. Vous êtes tellement poilus, tous les deux, que j'ai peine à vous différencier!

Selsia tente de disparaître dans l'ombre en emportant la boule de

Nostradamus. Sans perdre une seconde, Khrono envoie son rayon temporel sur la Krashmale velue. Dès qu'elle est atteinte, Selsia cesse de bouger. Elle reste sur place, complètement immobile : elle est figée dans le temps !

Khrono dirige un deuxième rayon vers Shlaq, mais ce dernier, en partie dissimulé derrière une cheminée, l'évite de justesse. Il en profite pour lancer son rayon alour-

dissant sur Khrono, qui le reçoit dans le ventre. Le poids du Karmador est aussitôt doublé. Le pauvre superhéros plie les genoux, mais tient le coup. Il continue à garder Selsia dans une stase temporelle, même si l'effort qu'il doit fournir est terrible.

Rapidement, la masse du Karmador est décuplée. Devenu trop pesant pour rester debout, Khrono s'écrase par terre et cesse d'émettre son rayon. Selsia est libérée de sa stase et court se cacher derrière une cheminée.

Le Karmador est aplati sur le sol. Il gémit de douleur tandis que Shlaq ricane :

— Ce n'est pas un Karmador comme toi qui va triompher de Shlaq ! Par sa barbe, Shlaq te le promet : bientôt, il boira de l'eau de Kaboum et il deviendra invincible !

Khrono n'a pas la force de répondre. Il pèse presque une tonne. Il est au bord de l'inconscience. Il a de la difficulté à respirer tant il est lourd.

Un grincement terrible se fait entendre, sous leurs pieds. Shlaq l'ignore :

— C'est dommage pour toi, Khrono, mais tu ne seras plus là pour voir le triomphe de Shlaq !

Soudain, le sol sous Khrono se met

à trembler. Le toit cède sous le poids du Karmador!

Toute la toiture s'affaisse, emportant Khrono, Shlaq et Selsia.

Le rayon de Shlaq est aussitôt coupé. En tombant, Khrono réussit à s'accrocher de justesse à un tuyau grâce à ses réflexes d'acrobate.

Selsia attrape une poutre avec sa longue queue, mais elle échappe son trésor:

— Ma boule de Nostrrradamus! hurle-t-elle en voyant le précieux objet se fracasser plus bas.

Shlaq ne réussit pas à éviter la chute. Il tombe directement dans un immense réservoir de produits chimiques.

Suspendu à son tuyau, Khrono regarde le Krashmal se débattre dans le liquide toxique. Le Karmador voudrait l'aider : personne ne mérite un tel sort !

— Attends, Shlaq ! Je vais demander de l'aide ! crie le Karmador en s'emparant de sa goutte.

Dans le bassin, le Krashmal hurle et peste. Il finit par s'emparer d'un câble qui pend au-dessus de lui. Péniblement, il s'extrait de l'eau empoisonnée en toussant et en crachant.

Shlaq se frotte la tête avec la main pour s'essuyer. Il pousse un cri d'horreur : ses cheveux tombent par poignées ! En quelques secondes à peine, le Krashmal n'a plus qu'un seul poil, sur sa poitrine. Tout le reste de sa pilosité a été détruit par les produits chimiques.

Il jette un coup d'œil à Khrono, accroché à un tuyau, plusieurs mètres plus haut :

— Sale Karmador ! Tu vas me le payer ! Attends que Shlaq boive de l'eau de Kaboum ! Tu vas regretter le jour où tu es né !

Le Krashmal quitte l'usine, laissant derrière lui des flaques de liquide toxique. Khrono reste accroché à son tuyau. Il jette un coup d'œil en direction de Selsia, mais celle-ci a disparu. Cette Krashmale agile comme un singe s'est enfuie en quelques secondes ! Prudemment, le Karmador amorce sa difficile descente. Une chance qu'il est acrobate !

Une fois arrivé en bas, Khrono aperçoit un écriteau au-dessus du réservoir : « Lotion épilatoire extrême. Danger ! Éviter tout contact avec la peau. »

Chapitre 1

Aujourd'hui…

Dans la base secrète des Krashmals, aménagée dans la maison du maire, Shlaq boit une tasse de sirop de sangsue préparée par Fiouze. À côté de lui, Embellena se peint les ongles :

— Alors, dit-elle sans le regarder. Tu es prêt à passer à l'attaque ?

Shlaq crache de la fumée par les narines :

— Oh oui ! Shlaq est plus que prêt. Il a passé des années à rechercher les descendants de Pyros et il a hâte de mettre la main sur le trésor que lui a promis Selsia! Fiouze arrive dans la cuisine. Depuis qu'il a fait raser tout son poil pour payer Kramule, il porte un manteau de fourrure synthétique trouvé dans les poubelles afin de se garder au chaud.

Shlaq lance un regard méprisant à son assistant:

— Dire que tu as fait ça pour obtenir les lunettes de cet imbécile de Pygmalion! Ça t'apprendra! Et maintenant, non seulement tu as l'air ridicule, mais avec ce manteau, on te prendrait pour une vieille grand-mère frileuse!

Fiouze se justifie aussitôt:

— Je dois bientôt asssisssster à une

réunion de famille dans mon village natal. Tous les membres du clan du Renard vont rire de moi, parce que je n'ai plus de pelage! Même ma cousine Ssselsssia va ssse moquer de moi!

Embellena fronce les sourcils:

— Nous nous fichons bien de ta cousine, Fiouze. Des choses plus graves sont arrivées; un espion krashmal m'a dit ce matin que Kramule est devenue une Krashmale finie.

— Vraiment? C'est incroyable! Comment le sssait-il? demande Fiouze.

— C'est un Krashmal capable de recevoir certaines communications karmadores grâce à ses antennes, qui sortent de ses narines. Il a également entendu dire que Magma a perdu ses pouvoirs.

Shlaq ricane :

— Si le petit avorton n'est plus capable de faire chauffer le métal, ça va nous simplifier les choses !

À la ferme, les Karmadors de la brigade des Sentinelles sont réunis sur le perron en compagnie de Kramule et des enfants.

— STR devrait bientôt arriver, dit Magma en regardant sa montre.

La Krash-male finie a remplacé sa robe de toiles d'araignées par des jeans et un chandail jaune serin prêtés par Lumina. Elle plisse les yeux en mettant son visage au soleil:

— Avant, je détestais la lumière du jour, dit-elle. Et maintenant, je la trouve agréable. Quand je reste longtemps au soleil, ça chauffe tellement que j'en ai la chair de poule. N'est-ce pas merveilleux?

Lumina secoue la tête en observant son ancienne ennemie jurée:

— Je ne m'habitue pas à la voir comme ça.

Gaïa sourit :

— Elle découvre le monde comme un petit enfant. Je trouve ça touchant.

— Que va-t-elle devenir ? demande Mistral.

— Les Karmadors vont lui poser des questions sur tout ce qu'elle sait des Krash-mals, répond Gaïa. Puis ils vont lui donner une pension pour qu'elle puisse recommencer sa vie. Elle trouvera un métier et deviendra une honnête citoyenne, tout comme Beurk, l'ancien Krashmal Suprême que Geyser a fait rire.

— En tout cas, il faudrait lui dire de mettre de la crème solaire, ajoute Mistral. Sinon elle va attraper un sacré coup de soleil !

— Les voilà ! annonce Magma en désignant du doigt la camionnette qui approche.

⚡⚡⚡

Dans la base secrète des Krashmals, Fiouze s'empare du téléphone sans fil et le glisse dans la poche de son manteau de fourrure.

Le robot qui remplace le maire est en train de passer la vadrouille dans la salle de bains. Fiouze le contourne discrètement pour aller se cacher dans le grand placard de l'entrée.

Au fond de la petite pièce dort le vrai maire Frappier, roulé en boule dans un coin. Le pauvre homme porte sur le nez un masque placé par Shlaq et relié à une bonbonne de gaz anesthésiant. Il dort ainsi depuis plusieurs semaines déjà.

Fiouze sait que personne ne le dérangera dans ce placard. Il sort le téléphone de sa poche et compose un numéro :

— Oui, allô, professsseur Nécrophore?

C'est moi, Fiouze, l'asssissstant de Shlaq. J'aurais besoin d'un produit ssspécial dont j'ai entendu parler… et j'aimerais qu'on me l'envoie par la possste sssuper-rapide.

↯↯↯

Devant la ferme, la camionnette des Karmadors s'arrête. STR, Khrono et Polyx en sortent. Ils sont accueillis par les quatre Sentinelles, Kramule et les enfants.

Khrono et Magma se serrent longuement la main :

— Salut, Magma!

Dis donc, depuis que tu es un chef, tu ne me rends plus visite!

— Tu n'as qu'à venir, toi! lance Magma.

Les deux Karmadors se taquinent et discutent entre eux. STR soupire:

— Depuis qu'ils ont été à l'Académie des Karmadors ensemble, ces deux-là, ils passent leur temps à jacasser.

Xavier est impressionné:

— Magma et Khrono ont étudié en même temps?

— Oui; ils partageaient la même chambre, répond STR. Dites donc, jeune homme, qu'est-ce que je vois à votre cou?

Xavier est gêné:

— Ça? Ce sont les lunettes brisées du professeur Pygmalion. C'est un... trophée de guerre.

STR secoue la tête:

— Ces lunettes ne t'appartiennent pas. Je vais devoir les reprendre.

— Oh non! Elles me portent chance! dit l'enfant d'un air suppliant.

STR est catégorique. Xavier baisse les bras, déçu. C'est alors que le Karmador Polyx vient le voir:

— Tu sais, petit bonhomme, mon pouvoir est de multiplier les objets.

— Oui, je sais; je t'ai vu faire lors de la construction du quartier général des Sentinelles.

Le Karmador lui lance un clin d'œil:

— Si tu veux, je peux créer une copie des lunettes. Comme ça, tu en garderas un souvenir.

Le visage du garçon s'illumine. Polyx s'empare de l'objet et le regarde intensément. Puis, de sa main droite, il claque des doigts. Paf! Une deuxième paire apparaît dans sa paume!

— Wow! Cool! Est-ce que tu peux recommencer?

Polyx sourit:

— Si j'en fais plusieurs copies, elles perdront leur valeur, non?

Xavier est content de prendre la nouvelle paire de lunettes, tandis que Polyx remet à STR l'originale. La chef des Karmadors se penche alors vers Mathilde:

— Au fait, je dois t'annoncer que le Grand Conseil des Karmadors se réunit pour discuter de ton médaillon et de l'eau de Kaboum qu'il contient. Il va déterminer si le bijou t'appartient ou s'il revient de droit aux Karmadors.

La fillette recule:

— Il est à moi! Il me vient de mon arrière-arrière-arrière-grand-père!

STR prend un air désolé:

— Et il contient des gouttes qui ont été volées dans la cruche des Karmadors. Ce sera au Grand Conseil de trancher.

Dans la rue principale de la petite ville, à l'épicerie Chez Castor, Nestor Brochu est derrière son comptoir, en train de le nettoyer.

C'est alors qu'une femme à la tenue noire et rouge entre dans le commerce.

— Est-ce que je peux vous aider, madame? demande l'épicier.

La cliente regarde Nestor en souriant de manière machiavélique:

— Je m'appelle Embellena. Je suis une Krashmale et je suis venue vous terroriser un peu.

Nestor recule brusquement:

— Pas encore les Krashmals! S'il vous plaît! Ne me faites pas de mal!

Embellena jette un coup d'œil autour d'elle:

— Vous savez, c'est amusant, je me retrouve encore une fois dans une épicerie. C'est fou comme le monde est petit!

⚡⚡⚡

À la ferme, STR discute avec Gaïa dans la cuisine :

— J'ai étudié la panne de pouvoir de Magma. Je n'arrive pas à en cerner la cause : il est en parfaite forme physique. Je crois que le problème est dans sa tête.

Avant que Gaïa ne puisse répondre, on entend Pénélope tousser très fort, dans sa chambre. STR fronce les sourcils :

— J'en ai profité pour jeter un coup d'œil au dossier de Pénélope et aux tests médicaux qu'elle vient de passer. Sa situation est grave. Son corps s'affaiblit sans raison apparente. Je ne sais pas combien de temps elle va tenir.

— Elle veut garder sa maladie secrète pour ne pas alarmer ses enfants. Ses crises de toux deviennent plus fréquentes. Pourtant, elle se repose beaucoup. Mathilde et Xavier commencent à soupçonner quelque chose.

Kramule entre dans la cuisine, suivie par la chatte Sheba:

— Cette petite bête me suit partout. On dirait qu'elle attend de moi que je la flatte. Est-ce que quelqu'un pourrait lui expliquer que je suis allergique aux animaux?

— Il n'y avait pas de félins ici, la dernière fois que je suis venue, remarque STR.

— Ce sont les anciens chats du maire Frappier, explique Gaïa. Il les a mis à la porte et nous les avons recueillis. Il a prétendu être devenu subitement allergique.

— Étrange.

— Tu ne crois pas si bien dire! Tantôt il est froid et mécanique, tantôt il est normal. Je n'y comprends rien.

Kramule intervient:

— C'est un robot. Les Krashmals avaient besoin d'une base secrète et ils ont décidé de l'installer chez le maire. Comme M. Frappier ne voulait pas collaborer, Shlaq l'a plongé dans le coma et l'a remplacé par une copie mécanique.

STR et Gaïa fixent Kramule:

— Je le savais! lance Gaïa. Mais personne ne voulait me croire!

— Tu es sûre de ce que tu dis, Kramule? demande STR, d'un air grave.

— Évidemment, répond la Krashmale finie. J'étais chez le maire quand Yak m'a téléportée ici.

— Dans ce cas, nous allons libérer immédiatement M. Frappier, déclare STR.

⚡⚡⚡

À l'épicerie Chez Castor, Nestor Brochu tremble comme une feuille devant Embellena.

C'est alors que la porte du commerce s'ouvre sur un client. Nestor ne perd pas une seconde. Il avertit le nouvel arrivant:

— Sauvez-vous, vite! Les Krashmals sont ici! Alertez les Karmadors!

Le client, un gros homme chauve, éclate de rire:

— Ha! Tu veux que Shlaq appelle les Sentinelles? D'accord! Il va leur annoncer qu'il y a une prise d'otage dans ton magasin!

Chapitre 2

À la ferme, Magma et Khrono discutent dans la salle de contrôle :

— Tu sais, Magma, moi aussi, j'ai eu des problèmes avec mon pouvoir.

— Je m'en souviens. Mais tu as su les surmonter. Quelquefois, je me demande si je ne vais pas passer le reste de mes jours comme ça.

Avant que Khrono ne puisse répondre, une alerte retentit dans la salle. Les deux hommes se regardent, interloqués :

— C'est un appel d'urgence de la

police! s'exclame Magma.

Il allume son écran de communication:
— Ici les Sentinelles. Qu'y a-t-il?

À l'écran, le policier a un air préoccupé:
— Ce sont les Krashmals! Ils ont pris Nestor Brochu en otage dans son magasin. Ils demandent quelque chose en échange de sa libération. Ils veulent que la petite Mathilde Cardinal leur donne son collier, ou son médaillon, je n'ai pas bien compris.

— Ont-ils donné d'autres instructions ?

— Oui. Ils exigent que deux Karmadors, pas plus, se présentent au magasin pour apporter la chose.

— Merci, nous nous en occupons immédiatement !

Khrono regarde Magma :

— C'est toi, le chef des Sentinelles ; moi, je suis là pour t'aider. Que veux-tu faire ? J'espère que tu ne vas pas donner le médaillon aux Krashmals !

Magma fronce les sourcils :

— Non. Mais je vais essayer de gagner du temps. Accompagne-moi à l'épicerie. Je vais avertir les autres et leur demander de préparer un plan de sauvetage !

Sur le perron, STR regarde la camionnette s'éloigner, avec, à son bord, Magma et Khrono. Autour d'elle, les Sentinelles semblent préoccupées :

— J'aurais préféré y aller, dit Mistral. Magma n'a plus de pouvoir : il aurait été plus intelligent de me laisser partir à sa place. Je suis capable d'affronter Shlaq, moi !

STR se tourne vers Mistral et le fixe avec un air sérieux :

— Avoir des pouvoirs n'est pas tout dans la vie. Khrono est puissant et Magma est débrouillard : je crois que la situation est en bonnes mains. Quant à toi, ta mission est de nous aider à trouver une façon de sauver Nestor Brochu, compris ?

Mistral se met au garde-à-vous :

— Oui, chef !

— Et ensuite, nous irons libérer le maire Frappier, poursuit STR.

Les Karmadors stationnent la camionnette devant l'épicerie Chez Castor. Les policiers ont érigé un cordon de sécurité autour du commerce.

Magma et Khrono débarquent du véhicule.

— À mon signal, tu pourras attaquer, dit Magma. Mais ne fais rien tant que je ne t'en donne pas l'ordre, d'accord?

Khrono sourit:

— Oui, capitaine! C'est toi, le patron!

Les Karmadors entrent dans l'épicerie.

Ils trouvent Nestor Brochu derrière son comptoir, les mains attachées. Derrière le pauvre homme se tient Shlaq, un gros bâton à la main.

En voyant ses adversaires arriver, le Krashmal crache de la fumée :

— Mais c'est Khrono! Quel heureux hasard! Shlaq est content que les Karmadors soient venus si vite. Il a des comptes à régler avec Magma, le petit avorton qui lui a brûlé le nez et les fesses. Et avec toi, Khrono. Shlaq ne t'a pas oublié, tu sais. Il ne s'écoule pas un jour sans que Shlaq pense à ses cheveux et à sa barbe!

— Relâche M. Brochu, lance Magma.

— Avez-vous apporté le bijou? réplique le Krashmal.

— Remets-nous ton otage et, après, nous discuterons du médaillon.

⚡⚡⚡

Pendant ce temps, au quartier général des Sentinelles, STR et Gaïa étudient les plans de l'épicerie.

— Je crois que nous devrions passer par les airs, suggère Gaïa en montrant le toit du bâtiment. Avec des KarmaJets sur le dos, nous pourrions voler jusqu'au magasin et intervenir rapidement.

STR secoue la tête :

— Les KarmaJets sont au quartier général de la grande ville. Nous n'avons pas le temps d'aller les chercher là-bas ou de demander à quelqu'un de nous les apporter. Je propose que nous nous faufilions à pied. Peut-être en passant par les égouts.

— Les égouts ? dit Mistral en frémissant. Mais c'est dégoûtant, là-dedans !

STR lui jette un regard autoritaire.

Mistral baisse les yeux et se tait.

— Et Kramule? demande la chef des Karmadors. Était-elle au courant de cette prise d'otage?

— Non, précise Lumina. Elle dit que Shlaq n'a pas eu le temps de lui dévoiler son plan.

STR s'empare de sa goutte:

— Geyser et Titania, il y a une prise d'otage ici. Il est possible que nous ayons besoin de votre aide. Tenez-vous prêts!

— À vos ordres, STR! répondent Geyser et Titania.

ϟϟϟ

À l'épicerie Chez Castor, Shlaq tend la main vers Nestor Brochu tout en fixant les Karmadors :

— Si vous ne donnez pas le médaillon à Shlaq tout de suite, l'épicier va recevoir le rayon de Shlaq et il va devenir très, très lourd !

— Ne lui fais pas de mal ! lance Magma. Il est innocent, laisse-le partir. Si tu veux un otage, prends-moi à la place.

— Tu te crois bien brave, petit avorton ! Tu veux prendre la place de l'épicier ? D'accord !

C'est alors que Nestor Brochu pousse Shlaq !

Le Krashmal recule, surpris, tandis que l'épicier saute par-dessus son comptoir pour aller rejoindre les Karmadors.

Shlaq crache un nuage de fumée noire :

— Attends que Shlaq t'attrape!

Magma prend Nestor par l'épaule pour le protéger. Khrono tend la main vers Shlaq et lui envoie son rayon temporel. Le Krashmal cesse aussitôt de bouger: il est figé dans le temps!

— Ouf, j'ai eu chaud! dit Magma. Et vous, monsieur Brochu? Comment allez-vous?

L'épicier sourit:

— Je suis en pleine forme!

— C'était très dangereux, ce que vous avez fait, remarque Magma. Shlaq aurait pu vous blesser. Vous auriez dû nous laisser vous sauver.

— Ne vous inquiétez pas pour moi. J'ai plus d'un tour dans mon sac!

Sans avertissement, Nestor assène un

coup de poing au visage de Magma, qui tombe à la renverse. Khrono se retourne, interdit :

— Que faites-vous ?

Nestor éclate de rire. Son visage devient flou... et il se transforme en Embellena !

— Prends ça, face d'horloge ! crie la Krashmale en donnant un coup de bassin.

Du ventre d'Embellena jaillit un fil gluant. Khrono, qui immobilise Shlaq avec son rayon, ne peut pas se protéger à temps. Il reçoit le filet d'Embellena en pleine figure !

Le Karmador tombe sur le dos, enveloppé comme une mouche dans une toile d'araignée. Puisqu'il ne peut plus utiliser ses mains, son rayon temporel est coupé, et Shlaq retrouve sa liberté.

Au sol, Magma se relève péniblement en se frottant la mâchoire. Lorsqu'il voit les deux Krashmals qui lui font face, il comprend qu'il est cuit.

— Il paraît que tu n'as plus de pouvoir, dit Embellena pour le taquiner. C'est dommage, hein?

⚡⚡⚡

À la ferme, STR, installée dans la salle de contrôle, reçoit un message sur sa goutte:

— Magma appelle les Sentinelles! Nous avons capturé Shlaq et Fiouze! Nous avons besoin d'aide pour ramener nos prisonniers à la base!

— Ici STR. Message bien reçu. Bon travail, Magma! Nous arrivons tout de suite!

STR regarde Mistral:

— Je t'avais dit que Magma était débrouillard! Et maintenant, allons leur donner un coup de main!

Chapitre 3

Avant de quitter la ferme, Gaïa tend un masque à STR:

— Tenez, mettez ça pour cacher votre identité. C'est un masque aux couleurs des Sentinelles!

STR accepte le cadeau et l'enfile:

— Vous êtes dorénavant membre honoraire de notre brigade! annonce fièrement Mistral.

Gaïa s'adresse à Lumina:

— STR, Mistral et moi allons aider Magma et Khrono à ramener les prisonniers. Reste ici pour t'occuper des Cardinal pendant notre absence. À notre retour, tu pourras participer à la mission de sauvetage du maire Frappier.

$$\text{⚡⚡⚡}$$

Dans l'arrière-boutique de l'épicerie Chez Castor, Shlaq installe Khrono tout enveloppé sur un siège. Sur une table a été placée une grosse machine couverte de voyants lumineux et de tuyaux.

Le Krashmal dégage la tête du Karmador du filet d'Embellena et y met un casque relié à des fils. Toujours emprisonné par les mailles, Khrono se débat en vain :

— Ce n'est pas en me faisant du mal que tu vas mettre la main sur le médaillon de Mathilde ! lance-t-il.

Le Krashmal sourit:

— Shlaq va se venger de ce que tu lui as fait il y a cinq ans! Tu as enlevé à Shlaq ses précieux cheveux, alors Shlaq va t'enlever tes précieux pouvoirs!

— Comment est-ce possible ? demande Khrono.

Embellena s'empresse de répondre :

— Grâce au Desséchoir du professeur Nécrophore !

— Tu l'as dit, chère vipère ! rugit Shlaq. Le professeur a construit cette machine pour reproduire l'effet de la Sphère de Goglu, que Riù a stupidement brisée. Cet appareil, que Shlaq vient de recevoir par livraison spéciale, sucera toute ton énergie surhumaine et te transformera en vulgaire mortel !

Le Krashmal baisse un levier. Une quantité d'étincelles jaillissent des fils de l'engin. Khrono pousse un cri de douleur tandis que ses pouvoirs le quittent, aspirés par la machine diabolique.

Shlaq arrête le Desséchoir et examine sa victime. Khrono tremble de tout son corps. La brute est satisfaite :

— Ça fonctionne !

— Tu ne l'emporteras pas au paradis! dit faiblement Magma, ligoté dans un coin à côté du vrai Nestor Brochu, inconscient.

— Tu parles! Bientôt, tous tes amis seront comme toi, petit avorton: sans aucun pouvoir!

C'est alors que Fiouze, perché sur le toit du bâtiment, appelle Shlaq sur son communicateur:

— Votre altessse, la voiture de la Karmadore-essscargot vient d'arriver!

Embellena lève son poing et parle à sa main:

— Sois chic, bague magique!

Aussitôt, elle se transforme en Magma.

✦✦✦

Gaïa gare sa voiture électrique devant l'épicerie.

Mistral sort en premier, tout content d'aller constater la victoire de Magma et de Khrono.

Embellena, métamorphosée en Magma, accueille les Sentinelles dans la rue:

— Je suis heureux de vous voir! Fiouze s'est échappé! Je crois qu'il est sur le toit!

— Ne t'en fais pas, je m'en occupe! lance Mistral en se dirigeant vers la ruelle à côté du bâtiment.

Embellena s'adresse à un policier:

— Vous pouvez partir, maintenant. Les Karmadors contrôlent la situation.

Puis elle se tourne vers STR et Gaïa:

— Vous deux, suivez-moi, je vais vous

montrer quelque chose qui devrait vous intéresser.

Les deux femmes suivent Embellena, qui marche vers l'arrière-boutique. Pendant ce temps, les policiers embarquent dans leurs voitures et quittent les lieux.

$$\lightning\lightning\lightning$$

Dehors, Mistral fait le tour du commerce. Il trouve une échelle qui monte au toit:

— Je te tiens, espèce de singe! dit le Karmador en commençant à grimper.

Alors que Mistral est à la moitié de son ascension, il aperçoit la tête de Fiouze, qui l'attendait sur le toit:

— Allô, vilain Karmador. J'ai une sssurprise pour toi! Sss sss sss!

Fiouze ouvre un sac rempli d'araignées géantes et velues. Il en prend une pour la croquer.

— Mmmmh! Elles sssont délicieuses!

Mistral frémit en voyant ces créatures: il a une peur bleue des araignées! Sans pitié, Fiouze déverse le contenu du sac sur la tête du Karmador, qui se met à hurler de terreur.

Complètement paniqué, Mistral utilise son supersouffle pour disperser les araignées. Mais le vent qu'il crache le fait tomber de son échelle. Il atterrit sur la tête et s'évanouit.

⚡⚡⚡

À l'intérieur de l'épicerie, STR s'arrête avant d'ouvrir la porte de l'arrière-boutique. Dans sa tête, grâce à son pouvoir de télépathie, elle entend Magma lui parler :

— STR! Fais attention! C'est un piège! Il s'agit d'Embellena métamorphosée!

La chef des Karmadors se tourne alors vers la Krashmale, mais il est trop tard : la porte s'ouvre sur Shlaq.

Le gros Krashmal envoie son rayon alourdissant sur STR. Gaïa veut sauter sur Shlaq pour défendre sa collègue, mais Embellena l'enveloppe aussitôt dans son filet. En moins de deux secondes, les Karmadores sont neutralisées!

⚡⚡⚡

Dehors, Fiouze traîne Mistral, inconscient, vers l'épicerie. Son communicateur s'allume. Fiouze répond aussitôt:

— Oui, allô? Ah, c'est toi, robot! Alors? Mon paquet est arrivé par la possste? D'accord, j'arrive tout de sssuite!

Fiouze abandonne Mistral devant la porte de l'épicerie et il détale à toutes jambes pour se rendre à la maison du maire.

↯↯↯

Dans l'arrière-boutique, Shlaq installe Gaïa sur un siège. Il pose le casque relié au Desséchoir sur la tête de la Karmadore.

Au fond de la pièce, Magma, Khrono et STR

assistent, impuissants, à la scène.

— Va chercher Fiouze ! lance Shlaq à Embellena.

La Krashmale sort et tombe sur Mistral, inconscient. Elle le traîne à l'intérieur.

— J'ai trouvé le Karmador par terre devant la porte. Pas de trace de Fiouze.

En regardant tous les prisonniers, elle est épatée :

— C'est formidable ! Votre plan fonctionne à merveille ! Ce n'est pas Riù qui aurait réussi un coup comme ça !

Shlaq crache de la fumée :

— Riù est un incompétent et un imbécile ! Et maintenant, passons tout le monde au Desséchoir, sauf le petit avorton, qui n'a déjà plus de pouvoir. Ensuite, mettons-les dans la camionnette. Où est ce satané Fiouze ?

卅

Dans la maison du maire, Fiouze arrive en courant, tout essoufflé. Il est accueilli par le robot, qui lui tend une petite boîte:

— Voilà le paquet que vous avez reçu par la poste spéciale. Bzzt!

Tout heureux, Fiouze s'enferme dans la salle de bains avec sa petite boîte. Il l'ouvre: elle contient une bouteille de lotion. Le Krashmal lit l'étiquette à haute voix:

«La toute nouvelle lotion Krash-Poussse fait repoussser le poil à une vitessse vertigineuse. Appliquer prudemment et ne pas dépassser la dose. Ce produit a été tesssté sur des animaux.»

Tout content, le Krashmal enlève son manteau de fourrure. Il ouvre le pot de KrashPousse et s'en barbouille généreusement partout où il est rasé:

— Je vais mettre trois fois la dose. Comme ça, j'aurai une sssuper belle fourrure. Tout le monde me trouvera sssplendide à ma réunion de famille, et le patron arrêtera de me trouver ridicule!

Chapitre 4

Shlaq et Embellena viennent de placer tous les Karmadors affaiblis et attachés dans la camionnette. Ils ont laissé Nestor Brochu ligoté dans son arrière-boutique.

Le gros Krashmal referme la portière et s'installe derrière le volant:

— Et maintenant, à la ferme!

Dans la salle de bains du maire Frappier, Fiouze s'observe dans le miroir pour savoir si quelque chose se passe.

— Je ne vois rien! Mon pelage ne bouge pas! C'est de la frime, cette lotion!

Le Krashmal lâche un hoquet. Et tout d'un coup, pouf! Son poil se met à pousser à vue d'œil!

Fiouze saute de joie:

— J'ai réusssi! J'ai réusssi! Ma belle fourrure revient enfin! Oh, mes chers petits poils, je me sssuis ennuyé de vous!

Le pelage devient de plus en plus touffu. Il s'allonge sans arrêt. L'enthousiasme de Fiouze diminue tandis qu'il devient plus velu qu'il ne l'a jamais été.

— Dites donc, c'est drôlement efficace, ce truc!

Rien n'arrête les poils de pousser. Fiouze commence à paniquer:

— Sssacrilège! Comment on fait pour arrêter ça?

Le Krashmal se transforme en une

immense boule de poils qui grossit dangereusement.

— Au sssecours! Mon pelage devient fou!

La camionnette des Karmadors arrive à la ferme. Shlaq s'est caché à l'arrière, avec ses victimes attachées et emballées. Il crache de la fumée :

— Fiouze va regretter d'avoir abandonné Shlaq en plein milieu des opérations ! Quand Shlaq le retrouvera, il lui fera passer un mauvais quart d'heure !

Embellena, qui a pris l'apparence de Magma, est au volant.

Les enfants jouent au ballon devant la maison, surveillés depuis le perron par Lumina. Kramule est étendue dans l'herbe, sur le côté de la maison, pour faire bronzer sa peau, qu'elle trouve trop pâle.

Le faux Magma sort de son véhicule avec un air triomphant. Lumina vient à sa rencontre :

— Alors, Magma, il paraît que tu as

capturé les Krashmals! Je suis fière de toi!

L'imposteur sourit:

— Ils sont à l'arrière de la camionnette. Viens, je vais te les montrer.

— Et les autres Sentinelles?

— Tu vas bientôt les voir. Regarde!

Le faux Magma ouvre la portière arrière de la camionnette. À l'intérieur, Lumina aperçoit avec horreur tous ses amis ligotés et Shlaq, qui la regarde en ricanant.

Lumina s'apprête à envoyer un rayon lumineux sur le Krashmal, mais Embellena, qui a repris son apparence, l'enveloppe dans une toile avant qu'elle ne puisse faire quoi que ce soit.

Shlaq s'empare de la Karmadore prise dans un cocon et la jette dans la camionnette avec les autres. Kramule assiste à la scène en silence. Elle est paralysée par une émotion qu'elle n'a jamais ressentie auparavant : la peur !

Ignorant le danger qui les guette, les enfants s'approchent du véhicule pour voir ce qui se passe.

— Mais c'est Shlaq ! Il est en liberté ! crie Mathilde.

Embellena et Shlaq courent après les jeunes. Kramule sort de sa torpeur et se lève. Elle barre le passage aux Krashmals :

— Laissez ces enfants tranquilles !

Shlaq lui lance son rayon alourdissant. La pauvre Kramule tombe par terre, écrasée.

Embellena réussit à envelopper Xavier dans un filet. Mathilde voudrait se cacher dans la maison, mais Shlaq lui bloque le chemin. Elle choisit de grimper dans son arbre préféré, un vieux saule, et hurle :

— Au secours ! Les Krashmals nous attaquent !

Mais il n'y a plus de Karmadors pour

la sauver. Ils sont tous neutralisés.

Shlaq laisse Kramule pour aller se planter au pied du saule. Il tend la main vers la fillette. Son rayon alourdissant heurte Mathilde, qui doit s'accrocher deux fois plus fort pour ne pas tomber.

— Allez, petite grenouille orange ! Donne à Shlaq le médaillon qui lui revient !

Le pouvoir du Krashmal s'intensifie. Mathilde serre aussi fort qu'elle le peut la branche sur laquelle elle est perchée. Mais elle pèse déjà trois fois son poids habituel. Et à chaque seconde qui passe, les kilos s'ajoutent. Elle ne pourra plus tenir très longtemps.

Soudain, la branche casse!

Mathilde s'écrase sur le sol, aux pieds de Shlaq.

Le Krashmal prend le médaillon dans sa grosse main.

— Enfin! Après toutes ces années, Shlaq te tient!

Il tire sur le pendentif et la chaîne se brise. Puis il arrête d'émettre son rayon alourdissant. La fillette pousse un grand soupir de soulagement:

— Tu n'as pas le droit! Il est à moi! dit-elle faiblement.

— Allez, hop! viens rejoindre les autres! rugit Embellena.

La Krashmale lance un fil gluant vers Mathilde, qui se retrouve prise dans un cocon elle aussi. Une voix se fait entendre du perron :

— Krashmals de malheur, libérez mes enfants tout de suite, sinon ça va mal aller !

Pénélope, toute blanche et affaiblie, est dans son fauteuil roulant. Embellena éclate de rire et agite le bassin : elle envoie ses filaments vers la shamane… mais ils se dissolvent aussitôt.

— Que se passe-t-il ? Je ne comprends pas ! s'indigne la Krashmale.

Embellena tente à nouveau d'envelopper Pénélope, mais rien n'y fait.

— Nos pouvoirs ne peuvent rien contre cette sorcière, lui explique Shlaq.

La grosse brute grimpe les marches et se retrouve face à Pénélope, qui le fixe avec défi.

— Pas besoin de pouvoirs pour te donner une raclée, chipie.

Shlaq prend alors Pénélope par les épaules et il lui crache un nuage de fumée au visage. Puis, il la laisse retomber dans son fauteuil roulant.

— Shlaq t'avait dit qu'il s'occuperait de toi, sorcière !

— Tu ne vas pas t'en sortir comme ça ! lance Pénélope.

Elle s'accroche à la manche de Shlaq. Le Krashmal tire sur sa veste et la pauvre femme tombe de son fauteuil. La brute éclate de rire en s'éloignant.

Les deux Krashmals retournent à leur camionnette avec les deux enfants. Ils laissent Kramule et Pénélope par terre.

✦✦✦

Dans la maison du maire Frappier, une immense boule de poils sort de la salle de bain. C'est Fiouze, dont on ne voit même plus le visage!

— Robot! Apporte-moi un rasoir! Vite, je ne vois plus rien!

Fiouze fonce dans un mur et tombe sur le derrière:

— Aïe! Ce n'est pas jussste! C'est toujours à moi qu'il arrive des malheurs!

✦✦✦

La camionnette conduite par Shlaq s'arrête dans la forêt.

Aidé par Embellena, le Krashmal transporte toutes ses victimes dans les souterrains qui lui ont déjà servi de base secrète.

Il empile ses prisonniers dans une grande caverne remplie de stalactites, où il gardait autrefois ses chauves-souris maléfiques. Puis il éclate d'un rire diabolique :

— Nous voilà revenus à la case départ, misérables Karmadors ! Mais cette fois, c'est Shlaq qui gagne !

Magma se débat en vain pour se défaire de ses liens :

— Tu n'as pas encore gagné !

— Oh oui ! Car ce que tu ne sais pas, petit avorton, c'est que, dans cette caverne, quelque part dans l'ombre, se cache Destrug, mon araignée géante, que je garde affamée depuis des semaines. Elle sera très contente de voir que je lui ai apporté des hors-d'œuvre tout frais ! Et comme vous n'avez plus de pouvoirs, elle ne fera qu'une bouchée de vous !

Sur ces paroles, Shlaq et Embellena

disparaissent derrière une grande porte de pierre, contrôlée par télécommande.

— Adieu, les Sentinelles! lance Shlaq. Je boirai de l'eau de Kaboum à votre santé!

À SUIVRE

Table des matières

Les Karmadors et les Krashmals 7

Les personnages 8

Prologue 13

Chapitre 1 25

Chapitre 2 43

Chapitre 3 57

Chapitre 4 71

Dans le prochain numéro...

Le défi des Sentinelles – 2ᵉ partie

Dans une petite ville, quatre Karmadors protègent les citoyens contre les méchants Krashmals. Ce sont les Karmadors de la brigade des Sentinelles!

Rien ne va plus pour les Sentinelles et pour la famille Cardinal! Shlaq a volé le médaillon de Mathilde, les Karmadors sont défaits, et les enfants sont prisonniers!

Plusieurs mauvaises surprises attendent encore nos héros, dont l'araignée géante Destrug, la traîtrise d'Embellena ainsi que la visite de quelques Karmadors et Krashmals qui viendront compliquer les choses.

Qui sauvera le monde en empêchant les Krashmals de boire l'eau de Kaboum? Comment Magma et ses amis, qui ont perdu leurs pouvoirs, pourront-ils tenir tête à Shlaq et à ses alliés? À la fin de ce roman, la vie de Shlaq, de Fiouze et des Sentinelles sera irrémédiablement changée!

Dans la même série:

La mission de Magma, tome 1

Le secret de Gaïa, tome 2

Le souffle de Mistral, tome 3

L'éclat de Lumina, tome 4

Les griffes de Fiouze, tome 5

L'ambition de Shlaq, tome 6

La ruse de Xavier, tome 7

La piqûre de Brox, tome 8

L'aventure de Pyros, tome 9

Le médaillon de Mathilde, tome 10

La visite de Kramule, tome 11

Le défi des Sentinelles – 1re partie, tome 12

Le défi des Sentinelles – 2e partie, tome 13

Achevé d'imprimer en novembre 2008 chez Gauvin, Gatineau, Québec